魔女沫沫的另類修行

秘密尋親

6

蘇飛 著

Tamaki 繪

目錄

角色介紹

羅賓

魔女沫沫的修行助使，牠是一隻十分囉嗦的知更鳥。

沫沫

小魔女，十歲，具有神秘的魔覺力。外表與人類相似，但長得十分矮小。她臉色雖有些蒼白，神情也很冷酷，卻宛如洋娃娃般精緻美麗。有時沫沫為了幫助人類，會違規使用魔法。

齊子研

小魔女，十一歲。聰明而有點高傲，個性外向而衝動，總是魯莽行事，沒有耐性，脾氣來得快也去得快。

喬仕哲

小魔子，十一歲。子研的表哥，是守規矩的乖乖紳士，不喜歡觸犯規則是因為不想讓自己陷入危險或不好的事情當中。

房米勒

小魔子，十一歲。魔法力不高，常被同輩欺負，但為人熱情憨厚，總是熱心助人。口頭禪是「你不知道」。

嚴農

沫沫的養父，是魔侍中的貴族。由於擅長煉藥，被人稱為魔法藥聖。

魔侍知識

綠葉掃把力
將綠色植物變成掃把。

咒語：掃古巴扒拉葉子
廢羅，掃把！

速度力
使速度加快。

咒語：
德起稀達，速！

定身力
讓物體定住無法移動。

咒語：
斯達地落，定！

幻想力
製造指定物件或氣味的幻象。

咒語：
歡打戲牙，(物件 / 氣味)！

遮蔽力
使指定物件或地方遮蔽起來。

咒語：
阿迫谷露息，遮蔽！

隱身力
讓自己隱去身影。

咒語：
拉浮雷雅，隱身！

飛行力
可以騰空飛行。

咒語：
提希而，騰空！

緊箍力
使生物致死。

咒語：諦拿彌，屍敵芬
逆斯，緊箍！

◝◠ 魔侍手冊 ◜◠

每個魔侍都有一本魔侍手冊，翻開第一頁即寫明魔侍必須遵守的守則。

魔侍們還可以透過魔侍手冊查找所需資料，比如找出需要幫助的人類資料、煉藥小屋可以安置的地方等等。

◝◠ 綠水石 ◜◠

一塊晶瑩剔透、大小有如一顆雞蛋的暗綠色石頭，屬於稀有魔法物品。

通過它，魔侍能看到某個人類的行動與狀況。它還具有預示危險事件的魔力及視像通話功能。

◝◠ 魔法緞帶 ◜◠

一種特殊魔法道具，必須通過提煉而成。有各種不同功能的魔法緞帶，比如變形緞帶、搬運緞帶、移行緞帶等等，每種緞帶具有不同顏色。

◝◠ 「鼹鼠」小組 ◜◠

「鼹鼠」小組成立的原因，是為了追查虐待狳狳小球及私自放出古生物的可疑魔侍，行動代號為「鼹鼠」，小組成員包括沫沫、米勒、仕哲和子研等人。

這些都只是一小部分的魔侍知識。若想提升魔法力，你就要多留意書中提到的各種知識了！

魔侍守則第一條

不能用魔法有意傷害人類。

魔侍守則第二條

與人類保持距離，
不能與他們成為朋友。

魔侍守則第三條

守護人間正義及秩序，
有能力者必須幫助地球上
需要幫助的人。

引子

　　在很深很深的叢林裏頭，住着一羣不為人知的特別物種——魔侍。

　　魔侍的外觀與人類相似，他們與人類最大的分別，就是擁有某些特殊的神秘力量——魔法力。

　　魔侍與世無爭，熱衷於修行，並分為三個族羣——費族、仁族和松族。

　　他們與人類一樣有男女之分，男的被稱為魔子，女的則喚作魔女。

　　魔侍與人類原本河水不犯井水，互不相干。直到某一天，一位人類踏入他們位於叢林深處的家園……

從此，人類便與他們扯上了關係。

叢林周邊的小城鎮開始有一些關於他們的流言蜚語，甚至有人傳唱：

潘朵拉的盒子開啟了

在東方最隱秘的森林

魔女狂妄起舞

酷暑夏至來臨

眾星繞月之時

傲慢人類承受浩劫

魔侍不喜歡人類對他們的誤解，因此他們之中有些人走出叢林，來到人類的世界。

如果你遇見了他們，是幸運，還是不幸呢？

第一章

魔法怪手

　　清晨，尼克斯魔法修行學校內一片寧靜，大地還未蘇醒過來。偶爾風兒吹過，送來**若隱若現**的蟲鳴聲。小草和樹枝上的葉尖因為凝聚了露水，一個個垂下了頭，顯得**沒精打采**。

　　此刻的魔子宿舍內靜悄悄的，大夥兒好像都還在睡夢中，做着各自的美夢呢！

　　沉寂的空氣陡然有了些不平常的**騷動**，美好寧靜的空間似乎被某種細小的聲音打擾了。仔細一聽，樓梯那兒有一些細密的喀喇喀喇聲，像許多隻蟲兒用尖細的腳在走動……

　　聲音越來越靠近，也越來越清晰……喀喇聲變得有些**尖利刺耳**……突然，樓梯轉角處出現了一個怪東西！

一隻皺巴巴的怪手竟然在快速地移動！

它**蹦躂**着爬下樓梯，活力十足，好像對這個世界充滿了好奇。

這時，樓上傳來乒乒乓乓的聲響，緊接着，一個魔子**連滾帶爬**地衝了下來，及時將怪手抓住！他急忙掀開書包，將他手中扭動的怪手快快放進書包內的盒子，然後大大地鬆了口氣。

他，是總喜歡跟在子研身邊的志沁。

　　盒子內的怪手動個不停，似乎**迫不及待**地要衝出來，志沁趕緊安撫道：「乖，會讓你出來活動活動的！現在你必須暫時乖乖待在裏頭，知道嗎？」

　　怪手聽了，終於靜下來。

　　這皺巴巴的怪手，據說來自古老的咒術，採用某種已經滅絕動物的爪製成。只要唸出咒語，再給予指示，怪手就能幫助使用它的魔侍去抓取東西。

　　志沁嘴角禁不住往上揚起，*神采奕奕*地說：「好不容易才讓舅母幫我找到這隻稀有的魔法怪手。」

　　志沁口裏的舅母，正是令人**聞風喪膽**的坎特貝拉。坎特貝拉在魔法懲戒部工作，對待任何魔侍都很嚴厲，但唯獨對志沁卻像慈愛的母親一樣。她寵溺志沁是**眾所周知**的事，只要是志沁想要的東西，她都會想盡辦法找給他。

「有了這個法寶，子研一定很開心！」志沁喜滋滋地盯着小盒子，「子研最喜歡**稀奇古怪**的魔法用品，她看到這個，肯定會跟我一起玩啦！」

由於子研最近時常窩在沫沫身邊，下課時間也不摻他一塊兒玩耍，志沁覺得自己被子研冷落了，一直**悶悶不樂**呢！

「都是那個走後門進來的害的，一定是她慫恿子研不跟我玩。啊，她應該是知道子研喜歡新奇的東西和有趣的魔法力，用這些來吸引子研跟她做朋友，真是**卑鄙**的傢伙！」

志沁憤憤不平地說着，並沒有察覺到自己正是用這些玩意來討子研歡心的卑鄙傢伙啊！

「我要把子研從那卑鄙魔女的手上搶回來！」志沁露出**堅定**的神色，一副誓要奪回原本屬於他的東西的模樣。

第二章

不可能的任務

魔法教學大樓附近的草叢，有個魔子正在忙碌地尋找東西。他是其中一位「鼴鼠」小組的成員——米勒。

米勒尋找的，是不開花或很少開花的綠葉植物，但這兒種植的都是開花植物。正當他懊惱地抓頭時，突然發現前方有一整排綠色植物，他匆忙跑了過去。

「咕嚕咚老師說必須是綠色植物。這些萬年青綠綠的，應該可以了吧？」米勒正**興高采烈**地打算摘下一株萬年青時，發現旁邊有個「不許採摘植物」的牌子。

「噢，怎麼辦？不能採摘植物，那我要拿什麼去上咕嚕咚老師的魔法力理論課呢？」

原來，昨天咕嚕咚老師吩咐水二班的同學準備一盆綠色植物，為的是教導他們使用「綠葉掃把力」！

　　這種奇怪的魔法力能將綠色植物變成掃把，根據咕嚕咚的說法，他研發出這種魔法力是為了解決地球上大街小巷都**充塞垃圾**的問題。

　　「找不到綠色植物，我就沒辦法練習綠葉掃把力了啊！」

　　米勒急得**滿頭大汗**。他看來看去，突然眼前一亮。

　　「這兒最多的綠色植物就是野草啊！我怎麼那麼傻呢？」

　　於是，米勒開始蹲下來拔野草。

　　這時，某個使用速度力的模糊身影放慢了速度，在米勒身後停了下來，他是另一位「鼴鼠」小組成員──仕哲。

　　仕哲手上捧着兩盆綠色植物，好奇地問道：

「米勒，你在找什麼？」

米勒望一眼仕哲，邊拔草邊說：「唉！你不知道，我昨天去了訓練所打工後再去跟蹤惡神*，根本沒時間去校內的雜貨店——多福商店購買綠色植物啊！只能將就些，隨便採一些野草。反正野草也是綠色植物，不是嗎？」

*「惡神」是萬聖力老師的外號，他是私自放走古生物的頭號嫌疑犯。

仕哲想了想，說：「按理說應該沒問題。不過，我多買了一棵綠色植物，你要嗎？」

米勒**喜出望外**，趕緊說：「當然要！」

他將手上的野草和杯子丟棄一旁，有個魔侍卻把它們撿了起來。

米勒看到是沫沫，意外地說：「沫沫？你也來不及去多福購買植物嗎？」

沫沫點點頭道：「是啊！昨天我去人類世界支援科校長*，回來時多福早就關店了。」

「你說，惡神真的不是放出古生物的內奸嗎？」仕哲問沫沫。

「不知道。不過可以肯定的是，惡神不是**操控**烏貓鱷的可疑魔侍，因為昨晚我和科校長看到操控烏貓鱷的魔侍時，你們都在盯着惡神啊！」

仕哲和米勒同意地**頷首**。

*想了解科校長到C市查探地下水道怪物事件，請參閱《魔女沫沫的另類修行5：追蹤魔侍任務》。

　「那我們之後是不是不需要跟蹤惡神了？」
仕哲又問。

　「對啊對啊！我們跟蹤惡神那麼多天，才剛
剛熟悉了怎麼跟蹤……不知道怎麼說，心裏有點
空空的感覺。」米勒顯得很落寞的樣子。

　「米勒，你是跟蹤跟上癮了嗎？」仕哲被米
勒逗笑了，打趣道。

　米勒臉紅起來，道：「我只是想早點抓到虐
待小球的可疑魔侍。」

　想到小球之前那麼害怕的樣子，米勒心底很
擔憂，他轉向沫沫，問道：「現在是沒辦法查出
誰是可疑魔侍嗎？」

　「科校長說可疑魔侍知道我們在追查這件
事，應該暫時不會輕舉妄動。」

　「可疑魔侍是不是還在尼克斯魔法學校
內？」仕哲追問道。

　「有這個可能。科校長還說，只要一天沒

有抓到可疑魔侍，我們都無法排除任何一個魔侍，因為我們並不知道，可疑魔侍是不是只有一個。」沫沫說。

這時沫沫懷裏的羅賓鑽出頭來插嘴道：「也就是說，可疑魔侍非常可能有同黨！」

米勒張大了嘴巴，道：「不是吧？可疑魔侍居然有同黨？」

「所以，這麼說來，惡神並不是百分之百沒有嫌疑……」仕哲沉吟道。

他們突然覺得，要抓到可疑魔侍似乎是一件**不可能的任務**！

此刻，教學樓傳來高八度音老師催促學生上課的高亢聲響。

「走吧！遲到了可不好！」

沫沫說着，迅速將凌亂的草兒整理一下壓進杯子內，衝向教學樓。

第三章
咕嚕咚的怪異魔法力

水二班課室內，同學們的課桌上都擺着一盆綠色植物。

志沁和好幾位同學對咕嚕咚要教導的魔法力**嗤之以鼻**，覺得這樣的魔法力特別特別遜。

「咕嚕咚真白癡，這種沒用的魔法力也想得出來。」志沁盤着雙手説。

「對啊，我看這世界上應該沒有第二個這麼沒腦的魔侍了！」坐在志沁隔壁的芬克**一臉調皮**地附和道。

「是啊，是啊！咕嚕咚是最沒腦的魔侍！」芬克的好朋友馬蒂克也跟着説。

芬克和馬蒂克可謂**形影不離**的好朋友，他們總是一唱一和，還喜歡跟老師唱反調。

沫沫其實也不曉得綠葉掃把力對實際生活有什麼用處，但她就是看不慣志沁和其他同學對咕嚕咚**出言不遜**，於是她説：「咕嚕咚老師的魔法力一定有它的用處，你們別説對老師不尊敬的話。」

　　兩位好朋友看到沫沫那麼認真，擺擺手別過頭去，不敢跟她較勁下去。

　　志沁不服氣，説道：「我只是説出實話而已啊！不是嗎？你想想，把植物變成掃把？這麼無聊又低級的魔法力也想得出來，真不愧是咕嚕咚。咕嚕咕嚕咚，腦袋空空！」

　　芬克和馬蒂克覺得好玩，跟着志沁**起哄**：「咕嚕咕嚕咚，腦袋空空！咕嚕咕嚕咚，腦袋空空！」

　　沫沫再也忍不住了，她最看不慣魔侍被惡意貶低或侮辱，更何況咕嚕咚是她非常喜歡的老師，她喝道：「不准對老師沒禮貌！」

芬克和馬蒂克吐吐舌頭馬上噤聲，做出鬼馬的表情。坐在沫沫隔壁的高敏則露出一臉**欽慕**的樣子。

「沫沫不愧是我的偶像，太有氣魄了！」高敏兩手握在胸前，一副誇張的表情。她從沫沫第一天入學，就非常仰慕會使用多種魔法力的沫沫呢！

志沁對上沫沫凌厲的眼神，頓時縮了下肩膀，心虛地轉向子研：「子研，咕嚕咚教我們的都是一點兒用處都沒有的魔法力，我只是**實話實說**，你說是不是？」

志沁知道子研向來最不喜歡學習不切實際的魔法力，她肯定會與他站在同一陣線，幫他說話。

誰知子研聳聳肩，說：「不會啊！我覺得把綠色植物變成掃把是很有創意的魔法力。」

高敏看到志沁出糗，**譏笑**道：「哈哈！你以

為子研會跟你一樣沒禮貌嗎？她跟沫沫可是我們水二班最出色的學生，也是最投契的朋友呢！」高敏說最後一句時，似乎故意強調給志沁聽。

志沁生氣地瞪着沫沫，提高聲量說：「咕嚕咚腦袋空空，不然也不會想出這種白癡的魔法力！」

「**不許再侮辱老師！**」沫沫一字一句地說。

志沁再次望向子研，但子研把頭埋進魔侍手冊，完全不理會他。志沁最近累積的委屈一下子湧上心頭，惱羞成怒地大嚷：「我知道了！嚴沫沫一定跟咕嚕咚有什麼關係！啊，說不定你就是通過咕嚕咚才插班進來的！」

高敏聽不下去，說道：「喂！沫沫可是有魔法力測試一階證書的啊，志沁你不要**誣衊**沫沫！」

「高敏，沒關係。我知道自己沒有做過這樣

的事就好。」沫沫擺擺手，表示不在意。

「嘿，誰知道她那證書是不是買回來的？」志沁挑着眉說道。

「當然不是！」高敏不忿地反駁。

「高敏你是不是給銀幣讓她幫你做功課？要不然你為什麼事事護着她？」

「我，我才沒有！我的功課每一份都是自己做的！」高敏生氣地說。

「嘿，被我講中了吧？不然你何必那麼生氣？」

沫沫**三番兩次**被志沁誣衊，她都能忍住，但看到高敏被侮辱，她再也忍耐不住了。

「李志沁，侮辱其他同學對你有什麼好處？」沫沫冷冷地問道。

「沒有好處。因為我說的是事實！」志沁死不承認地回道。

沫沫無法理解為何有如此**蠻不講理**的魔

侍，她緊皺着眉，眼神變得無比銳利。

羅賓知道沫沫真的動怒了，牠拉拉沫沫的外衣，小聲提醒她：「沫沫，這傢伙向來看你不順眼，他根本是故意惹你生氣。你要是真的生氣就中計了！」

幸好這時咕嚕咚到了，沫沫呵口氣忍下來，走回自己的位子。

咕嚕咚**高大健壯**的身影踏進課室，說出他的招牌句子：「同學們，早！準備好學習好玩的魔法力了嗎？」

「準備好了！」大夥兒**興致高昂**地應和。

「好，大家帶上你們的綠色植物輪流到前面。」

同學們一個個捧着植物走向講台。

「綠葉掃把力成功使出的秘訣，在於純淨的**心念**。唸出綠葉掃把力咒語的同時，想像我們正在掃掉大地上的塵埃，讓我們的大地恢復潔

淨！」咕嚕咚説着，瞇起了雙眼，擺出魔法手印。

「掃古巴扒拉葉子廢羅，掃把！」當咕嚕咚**威風凜凜**地唸出咒語時，他眼前的一盆綠葉植物立即變成一根直挺挺的掃把！

「哇！」「這掃把長得真好看呢！」「掃帚看起來很好用！」「如果給媽媽用，她一定很開心！」大夥兒不禁對咕嚕咚變出美麗的掃把表示讚歎。

講台最前方的同學覺得很有趣，他們馬上唸唸有詞地練習綠葉掃把力。

當同學們將綠色植物成功變成掃把時，大家都顯得興奮不已！同學也因此發現原來掃把有着各種各樣的形狀呢！

志沁嘴裏雖然埋怨不停，但當他成功將手上的植物變成一根乾癟癟的掃把時，他也**嘖嘖稱奇**地掃起地來。

「那麼開心啊？不是說這魔法力很遜嗎？」高敏湊過來故意說。

　　「誰說我開心？」志沁不悅地辯解，「我是感歎自己的魔法力怎麼學得這麼好！」

　　「哈哈，皺巴巴的掃把，怎麼能用？」

　　「誰說不能用？一定比你那支硬邦邦的掃把好用！」

　　說着志沁和高敏同時拚命掃地，似乎要證明自己變出的掃把更好用。

　　咕嚕咚看到學生掃地掃得那麼開心，宣布道：「只要成功變出掃把，我就給你們加分！」

　　還沒有成功施行綠葉掃把力的同學一聽到加分，趕緊集中精神練習。很快地，大夥兒變出的掃把越來越好，大家忙碌地用自己變出的掃把掃地。課室掃乾淨後，同學衝出課室外打掃走廊。一時間，大家都變得熱衷打掃清潔，這景象若給學校的清潔工看見，肯定笑得合不攏嘴。

　　沫沫在位子上看着自己變出來的掃帚。由於她手上的野草太少了，變出來的掃把非常稀疏，根本無法掃地。

　　志沁發現沫沫的窘境，特意取笑她：「哈哈！你這個走後門的魔法力原來這麼遜啊！」

　　沫沫瞪一眼志沁，沒有回嘴，她等到掃把變回野草時，專注唸道：「掃古巴扒拉葉子廢羅，掃把！」

　　這回，沫沫手裏的野草竟然變成一把雞毛掃帚！

　　志沁笑得前俯後仰，走到咕嚕咚面前告狀：「老師，老師！如果有學生變不出掃把，是不是需要懲罰她呢？」

　　「只要準備材料充足，肯定能變出來。如果變不出，那一定是不認真練習，我當然會懲罰，哦不，我必須扣他的作業分，否則他可不會認真練習！」

志沁聽到要扣沫沫的分，**心花怒放**地趕緊說：「嚴沫沫沒有變出掃把！老師，你一定要扣她的分！」

咕嚕咚摳了摳耳朵，問：「你確定是嚴沫沫那個小魔女？」

「對啊！就是嚴沫沫！」志沁朝沫沫看去，哼的一聲嘲笑沫沫。

咕嚕咚大踏着步子走到沫沫跟前，他看到沫沫手裏的雞毛掃帚，**兩眼一瞪**，竟然說不出話來。

沫沫羞愧地低下頭來，準備接受處罰。誰知咕嚕咚不但不責怪沫沫，還對她讚歎不已：「小魔女啊，你居然想到變出雞毛掃帚，真是太有創造力了！你到底是怎麼變出來的？」

沫沫想不到無意中變出來的東西被咕嚕咚如此**稱許**，回道：「因為野草變出的掃把太稀疏了，所以剛才唸咒語時，我想到不如變個除塵的

雞毛掃帚。」

　　「好！下回我也來試試！你今天的作業加十
分！」

　　「這樣也不用接受處罰？還加分？」志沁整
張臉黑下來，憤憤不平地嘀咕：「哼！我就不
信你可以一直這麼走運！」

第四章
過目不忘的代課老師

接下來的一堂課，是「古董時鐘」阿比老師的魔侍史課，但阿比老師今天請假，因此由活動處老師——「高八度音」施密特‧凱特琳小姐代課。

高八度音雖然不是教導魔侍史的老師，但她超羣的記憶力說起魔侍的歷史令人**聽出耳油**。

「你們知道嗎？魔侍在二千年前就已經曉得定位系統，而且啊，還懂得怎麼轉移磁極。我們使用的，是一種稱為**磁極轉移力**的魔法力。你們知道這意味着什麼嗎？」

仕哲舉起手回答：「這說明我們可以干擾地球的磁極，讓人類的指南針和羅盤等方向系統無法操作。」

高八度音讚賞地說：「很好。那你說，這對古代人類繪製地圖有什麼影響？」

「二千年前，因為魔侍使用了磁極轉移力，令某些地方到達不到，因此人類無法畫出真正的地圖。由於所畫出的地圖並不準確，所以人類一直沒有辦法發現魔侍的存在。」

高八度音**拍手叫好**：「沒錯，不愧是喬簾的兒子。」

仕哲聽到高八度音叫出父親的名字，似乎很訝異。

沫沫舉手問道：「凱特琳小姐，我有個問題。」

「請說吧，嚴沫沫。」

「人類現在已經會使用全球衛星定位系統，魔侍的居住地有沒有可能終有一天被他們發現呢？」

高八度音望向沫沫，充滿笑意地說：「這問

題一直以來都由魔法安全部之下的安全維護所處理。魔侍可不是省油的燈啊！安全維護所的魔侍們很早就已布下防護罩，阻斷人類的追蹤和定位，並且設置了**萬無一失**的干擾系統，絕對不會讓人類發現。」

「怎麼能確定魔侍不會被發現呢？」沫沫差點衝口而出已經有人類發現魔侍的存在，但幸好她及時把話吞了回去。

「嗯，當然我們無法確定，也無法擔保不被人類發現，但只要出現任何**紕漏**，魔法安全部之下還有個消除事務所。」

高八度音眯着眼笑了起來，說：「你們應該知道，教導你們人類學的凌老師在來尼克斯魔法修行學校之前一直都待在消除事務所。他的職責，就是把不小心看見魔侍的人類的記憶消除掉，消除後人類就沒辦法繼續追查魔侍。」

沫沫心想：「那是不是必須找消除事務所的

魔侍處理這件事？我之後得去問問科校長。」

高八度音沒有察覺沫沫的心思，說道：「魔法安全部是保障魔侍不被人類發現，讓大家**相安無事**地生活在同一個地球的重要部門。」

仕哲和幾位同學兩眼放射出光芒，似乎對魔法安全部充滿了憧憬。

「大家想想，我們在這裏有自己的城鎮，有專屬於魔侍的商店街，還有學校，甚至在世界各地都設立了佔地非常大的盤天工場。這麼多年以來，我們魔侍都能安心地進行各種活動，而不被人類發現，所以大家其實不用擔心太多。」

沫沫聽到高八度音提起盤天工場，雙耳馬上豎了起來。

「相信你們也知道，盤天工場在魔侍世界是非常重要的食物工場，不只為魔侍供給食物，還提供各種特殊食材給修行助使。地球七大洲都有盤天工場，每個盤天工場還設立了各項研發部

門，比如在歐洲東部的4號盤天工場，裏面有畜牧養殖部、海洋廢物清理部⋯⋯」

「高八度音**過目不忘**，她清楚知道每個盤天工場有什麼部門，那她會不會知道我母親在哪個部門工作？」

自從知道母親在盤天工場的某個部門工作以後，沫沫就一心想着去找母親，但科校長卻讓她別去找母親。

沫沫雖然沒有執意要找，但若是有魔侍知道母親的下落，她無論如何都想去看一下母親，即使躲在一旁看着，她也已經心滿意足。

沫沫盤算着下課後去詢問高八度音關於盤天工場的事，羅賓似乎猜到沫沫的心思，兩眼緊盯着她，做出搖頭的動作，沫沫心虛地移開視線。

轉眼下課鈴聲響起了。在高八度音淵博的知識和口才下，大夥兒聽得*津津有味*，要不是她聲音太過高亢，大家還真不想下課呢！

高八度音宣布下課時，子研從椅子上彈起來，**匆匆忙忙**捧着植物越過高八度音跑出了課室。

沬沬不想錯失打探母親下落的機會，決定不理會羅賓的反對，也急忙衝出課室。

米勒走到仕哲身旁，悄聲問道：「不是說不用追蹤了嗎？子研和沬沬那麼匆忙是要去哪裏呢？」

仕哲**聳聳肩**，表示自己也不清楚。

「啊！不會是又有什麼任務要執行吧？」

「有的話沬沬不會不告訴我們。」仕哲冷靜地說。

話雖如此，米勒和仕哲還是跟着跑了出去。

38

第五章
魔法設備維護使

　　高八度音不只説話音量高，語速快，走路也一樣**俐落**，只見她拐個彎走下樓去了。緊追其後的沫沫正想喚住老師，卻被迎面走上來的兩位同學攔住了去路。

　　其中一位態度**高高在上**地説：「嚴沫沫對吧？」

　　沫沫認得她。她是在魔侍開學禮上，舉手説要幫她展示魔法力的魔女吳萱。站在她旁邊的，是魔子康拉德，他們倆一位是學生會主席，一位是副主席。*

　　沫沫眼睜睜看着高八度音走遠，無奈地説：

*想了解在魔侍開學禮上發生的事，請參閱《魔女沫沫的另類修行2：魔侍開學禮》。

「什麼事？」

康拉德清清喉嚨，道：「你很幸運，我們決定委派你做『**魔法學校設備維護使**』。」

「什麼？」沫沫聽不清楚，問道。

「魔法學校設備維護使，這可是個很重要的職務。」康拉德重複道。

在後頭跟過來的米勒目睹眼前的一幕，不禁嘀咕：「我就說了吧？太出風頭可會成為學生會的**眼中釘**⋯⋯」

這件事，起因於沫沫在魔侍開學禮主動舉手展示她擅長的魔法力。米勒曾勸告沫沫別舉手展示魔法力，因為這樣做的魔侍都會被康拉德他們「特別關照」。

米勒趕緊把沫沫拉去一旁，低聲解釋道：「這名堂聽起來很好聽，但實際上卻是負責所有教學樓的修理和清理。哪裏骯髒或壞掉，都必須由你負責。」

　　沫沫懷裏的羅賓聽得皺起眉頭，唸唸有詞，想來應該是在替沫沫抱打不平吧。

　　「原來是這樣。」沫沫對羅賓點一下頭，說：「沒事。在濕地家園這種事是家常便飯。」

　　這時，康拉德發現對面四年級的課室外貼滿了告示，臉色驟變。他急忙過去責備還在貼告示的纖瘦魔女，道：「你這個學生會總務助理怎麼連這點小事都做不好？」

　　沫沫望向告示，上面寫着：「不許聚集在樓梯口。」

　　康拉德沒好氣地說：「我要你貼兩張告示，不用貼那麼多！」

　　「那一層樓要貼多少張？」纖瘦的魔女問道。

　　「呼！你到底是笨還是傻？這麼簡單的吩咐都不懂！」康拉德忍不住扯開喉嚨喝道。

　　「我不笨也不傻，那到底是要貼多少張？」

那魔女似乎一點兒也沒被嚇倒，耐心地回應。

康拉德深吸口氣，**咬牙切齒**地吼道：「兩張！三年級這邊一張，四年級那邊也貼一張！」

被責備的魔女不慌不忙地取下多出來的告示，道：「你之前沒說要貼多少張告示，不過我現在知道了，會把多出來的取下來。」

沫沫不禁對這魔女**另眼相看**，她長得斯文秀氣，身形有點瘦，看起來弱不禁風，想不到個性篤定，被罵也完全不當一回事。

「記得，一個年級一張！可不要再給我貼錯了！」康拉德大聲說道。

「當然不會貼錯，你放心。」

那魔女一點兒也不動氣，**不疾不徐**地取下告示。

沫沫最看不慣欺負弱小的事，正想過去幫忙，米勒卻阻止她，悄聲說道：「那位女同學是火三班的松族魔女蕭媛，去年她在開學禮上展示

了優越的定身力，結果被學生會主席康拉德和副主席吳萱盯上。她現在正在執行學生會主席吩咐的職務，沫沫你最好別插手。」

沫沫看向蕭媛，發現她已經撕下多餘的告示，抱着一疊告示走下樓去了。

康拉德對蕭媛的態度很不滿意，**氣呼呼**地走向沫沫，說：「你！有聽到我剛才對你說的話嗎？」

沫沫問道：「我一定要接下這職務嗎？」

「當然。我是學生會主席，我指派職務給你，是你的榮幸。」康拉德傲慢地說。

仕哲似乎想幫沫沫**推辭**，但沫沫擺擺手，示意米勒和仕哲沒事。

米勒和仕哲只好先行離去。

沫沫問康拉德：「我需要做什麼？」

「魔侍史料備課室的櫃子壞了，需要換一個把手。」

沫沫馬上問：「修理工具在哪裏？」

康拉德指向角落的小房，道：「每一層樓的角落都有儲藏室，會放置急救及維修工具。」

「好！」沫沫**應答**後，急唸道：「德起稀達，速！」

沫沫立即消失了蹤影，但幾秒後，沫沫又急速來到他們跟前，道：「我現在就去修理。」

沫沫又迅速消失了，整個過程不到十秒，吳萱和康拉德**面面相覷**。

沫沫在濕地家園曾跟着養父嚴農一起種植，家裏的家具或設備遇到狀況也會幫忙**整修**。因此，維修損壞的東西絕對難不倒沫沫。

雖然如此，由於午休時間不長，時間還是很緊迫，沫沫一邊趕到魔侍史料備課室，一邊看着

手錶估算時間。

備課室靜悄悄的，老師們大概都去食堂用餐了。沫沫趕快檢查櫃子，看到最後一排最裏面的櫃子的把手果然歪歪斜斜地掛在門邊。

沫沫疾步走過去，彎下腰將把手提上來，看到螺絲已脫落。於是，她從維修袋子內尋找適合的螺絲刀，很快地，把手已穩穩地貼在櫃子門。

沫沫抹了抹汗，正要直起身子，這時她眼球被櫃子最下方的一本書的書名吸引了。

她湊前去，唸道：「《魔侍年 4500 年古生物研究》。」

沫沫伏下身子看過去，說道：「《魔侍年 4000 年古生物研究》、《魔侍年 3500 年古生物研究》……」

「這裏竟然有這樣的書籍」，沫沫繼續看向櫃子的其他書籍，「《魔侍年 2000 年食材短缺研究》、《魔侍年 5000 年食水問題考察》……」

這時，沫沫眼前一亮，櫃子角落居然有一本她非常感興趣的書——《魔侍食品工場的由來及演變》。

「這本書肯定會有盤天工場的資料！」沫沫興奮地對羅賓說。她**打定主意**，一有時間就來這裏查找盤天工場的資料。

沫沫直起身走出魔侍史料備課室，心情非常愉悅，想不到當上魔法學校設備維護使，竟然給她意外發現這個寶庫！

「沫沫，你忘了科校長怎麼對你説了嗎？」羅賓趕緊提醒沫沫。

「我只是想去看母親一眼，只要不被母親和其他魔侍發現，應該沒有問題。」沫沫説着，突然瞅着羅賓，問道：「你是不是知道母親在哪裏工作？」

羅賓用力地晃晃頭，説：「當然不知道。」

沫沫露出懷疑的眼神，羅賓歎口氣，無奈地

說：「我只知道農叔在你九歲時安排你和母親見面，當時有提到她在盤天工場做菌類培養和研究的工作，屬於比較**隱秘**的部門……」

羅賓又不小心說漏了嘴，趕緊掩住嘴巴。

「原來母親在盤天工場做菌類培養和研究的工作啊……那她在哪個盤天工場？」沫沫追問道。

「我不知道。」

沫沫瞇起了眼，羅賓最怕沫沫盯着牠看，慌忙說：「我是真的不知道啊！知道的話我肯定會**據實**跟沫沫你說的。」

沫沫似乎有點失望，但她打起精神：「沒關係，這裏有現成的資料庫，我一定能查到母親工作的盤天工場！」

羅賓眼珠轉了幾轉，道：「沫沫你有時間查資料嗎？你現在每天都要提煉魔法緞帶，還當上了什麼奇怪的維護使，下課時好好吃頓飯的時間

都沒有，還有，你已經好幾天沒有跟農叔用綠水石通話了……」

羅賓還想說，沫沫已匆匆提着維修袋走上樓去了。

第六章

復仇的火苗

子研捧着植物，**姿態鬼祟**地走進「魔法味蕾」食堂。

她買了雲朵菇雞蛋麵包，好不容易找到一個「恰當」的位子，快快坐下來，並把植物放到桌前遮擋住自己。

「植物真是很好的掩護工具，想不到咕嚕咚教導的奇怪魔法力這麼有用呢！」

她扯開麵包封套，邊吃邊透過植物瞄向角落一個高大的身影。

她注視着的魔侍，正是前陣子「鼴鼠」小組追蹤的嫌疑人物——「惡神」萬聖力老師。

「誰説惡神不是內奸？也許是他在背後**指使**那名魔侍去控制烏貓鱷呢！」子研認定惡神是內

奸，她決定私自追蹤惡神，找出惡神就是內奸的證據。

「我一定會揪出那魔鬼的狐狸尾巴給你們看！」子研觀察着惡神的**一舉一動**，並將惡神所吃的食物記錄在魔侍手冊上。

「又是泥魚三明治和一杯黑茶……就不能有一點點變化嗎？」子研邊寫邊嘀咕着，感到很無趣。

剛點好餐的志沁發現了子研，欣喜萬分，趕緊端着食物來到子研旁邊，正打算坐下來，子研卻揮揮手趕走志沁：「別跟着我，我必須專心吃東西。」

志沁滿臉通紅，他還是第一次被子研這樣無禮地**驅趕**。

「子研，現在連吃飯都不讓我跟你一塊兒了嗎？」

「我……」子研眼角盯着惡神，**心不在焉**

52

地説：「我忙，你別吵我。」

志沁感到很受傷，埋怨道：「你最近到底在忙什麼？為什麼現在都不讓我陪你呢？是不是我做了什麼讓你討厭的事？」

子研瞄了眼志沁。在沫沫出現前，志沁是她的小跟班，子研去哪兒他就跟去哪兒，子研也習慣了有志沁跟在身邊，但她跟蹤惡神的事可是機密，絕對不能讓其他魔侍知道。

子研沒辦法對志沁直説，道：「你絕對沒有做令我討厭的事。不過，我最近有非常重要的事要處理，你不要追問了。」

「什麼重要的事？啊，是不是要跟那個走後門的**比試**？」

子研見志沁還是不死心，只好説：「是啊！我們約定好在不久後比試。不過在此之前，我必須和她較量魔法知識，所以我需要專心學習。」

志沁覺得子研似乎有古怪，一向最討厭學習

魔法知識的子研居然要和沫沫較量魔法知識？

他忍不住問：「是不是那個走後門的説要比試魔法知識？子研你別跟她比，那可是她的強項，這不公平——」

這時，惡神已吃完泥魚三明治，一口喝下黑茶，**步履快速**地走出「魔法味蕾」。

「哎呀，你看，都是你跟我説話，我連午餐都沒吃完呢！」子研撇下還未吃完的麵包，匆匆跑開。

志沁張大着嘴，他還是第一次因為跟子研説話而被她責怪。

「我⋯⋯連跟你説話都是多餘的嗎？」

志沁腦海浮現去年入學的情景。

剛來到尼克斯魔法修行學校的他，對眼前的

一切感到陌生和害怕。他彆扭地靜靜待在一旁，誰也不**摻和**，也不跟其他同學說話。

由於魔侍在入學前一般都沒有學習過魔法，因此，當魔法理論課老師叫同學們各自找一位同學做搭檔，一起練習剛剛學習過的魔法力——幻想力時，志沁顯得非常*侷促不安*。

他怯怯地望向班上的同學，看着他們積極地尋找搭檔，開始練習幻想力咒語。

「歡打戲牙，四隻腳的巨人！」

「歡打戲牙，一羣可愛的粉紅貓！」

「歡打戲牙，美味的文魚漢堡！」

「歡打戲牙，會飛的大象！」

大夥兒一邊練習，一邊發出各種驚叫和笑聲，志沁感到更加不自在了。

志沁壓低着頭，沒有找到願意跟他搭檔練習的魔侍，羞愧地坐在座位上。這時，有位魔侍拍一拍他的肩膀，說：「你要跟我一起練習嗎？」

他抬頭看向説話的魔侍，她正是子研。志沁覺得子研的聲音好**悅耳**，很像他曾經看過的童話故事中的美麗小魔女。

他還沒有點頭，子研就拉着志沁走出去講台前練習起來。

子研對志沁説：「幻想力咒語是什麼？還記得嗎？」

志沁小聲回道：「歡打戲牙，然後説出希望對方在幻想中看到的物件。」

「你最想看到什麼？」

志沁想了想，説：「我家外面有一棵老松樹。我時常在那裏**蹓躂**、玩耍……」

「好，我試試看。不過不知道能不能成功使出來呢！」

説着子研擺出魔法手印，專注地唸道：「歡打戲牙……一棵老松樹！」

志沁眨了眨眼，發現眼前還是魔法學校的課

室和同學。子研深吸口氣，再次唸出咒語：「歡打戲牙，很老的松樹！」

突然，志沁似乎聞到了松樹的味道，緊接着，他眼前果真出現了一棵老松樹！

「不，不是這樣的，我家那棵老松樹是**彎彎曲曲**的，好像有幾隻手在搖晃……」志沁說。

子研立即重新唸出咒語：「歡打戲牙，彎曲的老松樹！」

這回，志沁發現眼前的老松樹彎下腰來。

「不，不，不是彎這邊，是那邊，還有，它的枝幹向左右展開……」

志沁比畫着，子研再次**凝神專注**使出幻想力：「歡打戲牙，彎曲扭動的老松樹！」

志沁眼裏的老松樹這時竟然扭起腰來，像在跳着滑稽的舞蹈！

志沁終於**忍俊不禁**，笑了出來，同學們都看過來了，志沁趕緊對子研說：「謝謝你，雖然

你讓我看到的松樹跟我家那棵不一樣，但這很有趣，很好玩！」

子研眼珠子轉了轉，說：「現在，輪到你使出幻想力啦！我想看到……」頑皮的子研看了眼講台上的魔法理論課老師約翰森，說：「老師穿女裝！」

約翰森老師嘴唇上方留着小鬍子，有一頭**平整貼服**的油亮短髮，穿着帥氣的夾克外套，是位看起來充滿男子氣概的男老師。

志沁雖然感到為難，但仍舊用心去想像穿着女裝的約翰森老師，但他唸出好幾次咒語都不成功。

子研讓志沁放鬆精神，並引導志沁如何去想像老師的女裝**扮相**，道：「你想像一下，黑色的短髮變成長長的鬈髮，還有，身上的夾克換成蓬蓬裙，就像高八度音那樣的裙子……」

最後，在子研的「教導」下，志沁終於成功

使出了幻想力！

子研看着女裝約翰森，笑得**前俯後仰**，約翰森老師還特意走過來問她：「這位同學，你看到了什麼有趣的影像啊？」

子研看着眼前陽氣十足的約翰森和腦海中的傻萌女版約翰森，笑得更**不可遏止**了！

如此這般，原本不適應學校生活的志沁，因為子研而變得開朗積極，也喜歡上學習。

志沁看着子研走出「魔法味蕾」的背影，心中懷着滿滿的不甘和憤恨。

「誰破壞了我們之間的**情誼**，我一定不饒她！」他兩眼瞇成一條線，似乎在打着什麼壞主意。

第七章
設計師的恐怖經歷

　　最近沫沫下課時間非常忙碌。不是到課室修理門窗，就是去廁所檢查漏水，不過她總是迅速做好康拉德交代的維修工作，然後用剩餘的一丁點時間，衝去魔侍史料備課室翻查資料。

　　查了好些日子，終於給她查到一些**眉目**。

　　這晚，沫沫回到宿舍房間，立即對羅賓説道：「我查到菌類培養部門位於2號盤天工場，2號盤天工場在C市沿海地帶的廢墟。據說那兒曾經是人類挖掘某稀有礦物的地方，但自從所有礦物被挖掘完畢後，那兒就被棄置了，變成**無人廢墟**。」

　　「沫沫，你不是真的想去見你母親吧？」羅賓着急地問。

「都說了我只是去看一看，不會和母親見面。這是我們之間的秘密，羅賓，你可千萬不要告訴科校長，連農叔都不准說哦！」

「可是……」羅賓還是忍不住**擔憂**，說：「你現在每天煉藥到十點正才回宿舍，魔法緞帶也不夠用，你要怎麼去看？」

沫沫嘴角提了提，難得俏皮地眨一眨眼道：「你忘了我房裏有個地下通道？」

羅賓驚慌地張大了嘴，用力晃動翅膀反對：「不行不行！那可是**違規**出去校園，萬一被發現，沫沫你可沒辦法再留在尼克斯魔法修行學校了！」

「我上回幫助人類阿秋*時也沒有被發現。」

「可是，你答應過我不再違規從這個地下通道出去幫助人類！」

*想了解沫沫到人類世界幫助阿秋的事，請參閱《魔女沫沫的另類修行2：魔侍開學禮》。

62

「我只是答應盡量不從這個通道出去。」

羅賓趕緊飛到燈罩旁，擋住燈罩上那神秘的倒三角形圖案，那圖案是開啟地下通道的機關按鈕。

「羅賓，你讓開。」沫沫說。

「不，地下通道不是讓你隨便使用的，況且科靜校長也說了，你現在要做的事是學好魔法力，還必須學會等待——」

沫沫趁羅賓嘮叨時，跳上去碰一下按鈕，地下通道陡地打開了！沫沫立即衝下去。

「哎呀！這沫沫總是不聽我把話說完……」羅賓着急地搧動翅膀，飛下地道。

沫沫房裏的地下通道，可以直接通到尼克斯魔法學校的圍籬外邊。

沫沫走出地下通道的出口，使用遮蔽力將洞口圍住。

2號盤天工場距離這兒有一段距離，所以她

必須儘快抵達那兒。為了不讓人類發現她的蹤跡，她得同時使用隱身力及飛行力，只見沫沫唸道：「拉浮雷雅，隱身！提希爾，騰空！」

她瞬間隱去了身影，周遭颳起一陣風，沫沫已飛得老遠。

使用兩種魔法力相當耗費體力，因此沫沫每隔一段距離就必須休息一會兒。她停頓了好幾次，終於來到C市。

沫沫在半空往下看了看，飛到一座公寓的頂樓，那兒**黑漆漆**的沒有半個人影，附近也沒有閃亮的廣告牌，正好可以讓她好好休息。

沫沫顯現身影，坐在頂樓的廢置長椅上，閉目養神。她已經好多天睡不夠，上課時也無法專心聽講了。

羅賓在沫沫懷裏偷瞄她，原本想勸她*打道回府*，但看到沫沫疲累的樣子，又覺得不忍心。

「唉！沫沫你想見母親的心我是能理解的，

但現在真的還不是讓你們見面的時候，萬一被其他魔侍發現，你就會陷入險境啊！」

羅賓歎口氣，也閉上眼睛歇一會兒。

此時，對面的辦公大樓有一些亮光閃爍着。原來是深夜留在公司加班的設計師。

她走到茶水間，泡了碗泡面，準備享用宵夜時，突然看到馬路上有個走路**搖搖擺擺**的男子。

設計師走近窗戶仔細察看，看到男子拿着酒瓶，她嘴裏咕噥道：「又是一個酒鬼，這一帶就是太多酒館了，害我半夜加班完都不敢回家，被迫留在公司過夜。」

正埋怨着，突然，一道光影掠過。設計師往右邊看去，一輛貨車正駛向那名男子！

「糟了，快閃去路邊啊！」

設計師焦急不已，但**遠水救不了近火**，她趕緊打開窗大喊：「喂！快閃開！後面有車來

了！」

那醉醺醺的男子搖晃着身子，完全沒聽見設計師的叫聲。貨車已逼近男子，車裏頭的司機應該發現前方有人，趕緊按下鳴笛——嗶！嗶嗶！

男子終於轉過頭，但貨車已來到男子跟前，根本來不及**閃躲**開去——

「啊——」設計師大叫着遮住了雙眼！

幾秒過去，設計師慢慢睜開眼，發現馬路上居然一個人影都不見！

她揉揉眼睛。

「怎麼回事？酒鬼呢？難道被撞倒在路邊了？」

「貨車也不見了，司機撞後逃跑了嗎？」

她又仔細查看了下，路上靜悄悄的，好像剛才什麼事都沒發生過。

她越想越覺得不對勁。

「不對，我沒有眼花！」

　　設計師匆忙下樓，拿了一根棍子**壯膽**，從公司大門走了出去。

　　她走到樓下時，發現那酒鬼居然就在她眼前！

　　「這是怎麼回事？」設計師感到非常疑惑，漸漸地，她感到渾身起了雞皮疙瘩，她覺得這名酒鬼可能並不是人！正想着時，她似乎聽見了一些細微的聲響，往上看去，居然有個穿着黑袍子的人在空中飛！

　　她驚訝得**目瞪口呆**，愣在那兒，看着看着，飛在半空的人就在她眼皮底下不見了身影！

　　設計師這時才尖叫出來：「鬼啊！」

　　她一邊驚叫，一邊害怕地跑向附近的便利商店，跟裏面的人說起剛才遇見的恐怖經歷。

　　此時的沬沬正隱身在空中飛翔，並不知道自己的身影被人類發現了。

　　剛才沬沬在頂樓長椅上**閉目養神**的時候，

綠水石突然發出嘰嘰嘰的警示聲。沫沫知道有人類遇到緊急狀況，需要她的幫助！

她衝到大樓邊沿，馬上發現了酒鬼，緊接着，貨車發出了鳴笛聲，在酒鬼就要被撞擊的瞬間，沫沫及時使用了對換力，她快速唸出「安塔雷及，換！」讓酒鬼和鋪在附近商店門口的帆布橫額對換過來！

司機衝下車沒發現人影，嚇得趕緊開車離去。幾分鐘過後，對換力失效了，酒鬼又回到馬路上。

沫沫這回助人，可算是**無心之作**，她不禁慶幸今晚有偷溜出來呢！

沫沫繼續飛啊飛，終於飛到2號盤天工場所在地。

那兒用鐵絲網和木板圍了起來。

從圍籬外，可以看到空置的水泥建築和簡陋的公寓，雜草和植物已經佔據了這地方，滿滿覆

蓋在建築上面。

「從這裏看，的確不可能發現裏頭**別有洞天**。」沫沫說着，使用飛行力飛越廢墟，來到一道「真正的圍籬」。

「這才是進入盤天工場的阻礙。」沫沫看着眼前高大的藤蔓圍籬，對羅賓說。

藤蔓圍籬具有看守的功能，若有人要闖進裏面，它就會纏住他，將他扔出去。尼克斯魔法修行學校也有一道藤蔓圍籬，因此沫沫知道絕對不能**硬闖**。

「怎麼辦？沫沫你沒有通行證，根本不可能通過藤蔓圍籬！」羅賓擔憂地說。

「別擔心，我之後可以使用移行緞帶，不需要通過藤蔓圍籬就能直接去到裏面啊！」沫沫說着，飛到藤蔓上空遙望盤天工場，卻只見到一大片煙霧遮擋着前方的視線。

「必須**驅散**煙霧才能看到裏面的情況。」

沫沫馬上唸出驅散力咒語：「形夾離稀，散開！」

　　濃密的煙霧散開來了，沫沫趕緊在圍籬上方觀望。

　　使用移行緞帶的秘訣，是必須看過或對那個地區有一個大概的認識，否則沒辦法順利移行。

　　沫沫記下這區大概的模樣後，才飛回尼克斯魔法修行學校。

第八章
搞砸了！

隔天，C市出現吸血鬼的事在網絡傳了開來，但沫沫**渾然不覺**。

下課時，沫沫急匆匆趕去學生會，在門口遇見提着兩疊滿滿資料的魔女。

「蕭媛？」沫沫心想。雖然沫沫已經成為魔法學校設備維護使一段時間，但幾乎沒有和蕭媛見過面。

突然，一陣風吹來，蕭媛捧着的資料掉了幾張下來，沫沫趕緊過去幫忙拾起。

她跟蕭媛打了個招呼，説：「辛苦了，學生會總務助理。」

蕭媛愣了一愣，問道：「你也是學生會的工作人員？」

「我是魔法學校設備維護使。」沫沫答。

蕭媛認真地盯着沫沫幾秒，接着**撲哧**一下笑了出來，她的笑聲意外的大聲，也非常豪邁，讓沫沫大跌眼鏡。

蕭媛感受到大夥兒的視線，收起豪邁的笑聲，清清喉嚨道：「學生會交給我們的工作說難不難，但也不簡單，以後遇到什麼問題，你都可以來找我。」

「好，謝謝你。」

沫沫覺得這位魔女學姐個性**淳樸直爽**，也很可靠。

蕭媛離開後，康拉德走出學生會課室，看到沫沫馬上沉下臉道：「昨天叫你整理的櫥櫃，你漏掉清掉上面那堆雜物，你知不知道？」

「噢，我以為只需要整理櫥櫃裏面，那我現在去清理。」

「不用了，我早就清理好！」康拉德不悅地

說：「嚴沫沫，要不是我幫你，你早就被萬老師責罵了！」

康拉德呵口氣，一副很**榮幸**的模樣：「萬老師是尼克斯魔法修行學校最厲害的魔侍，我們學生會幹部必須得到萬老師的讚許和肯定，才真正有能力和威嚴帶領全校的魔侍。」

沫沫覺得康拉德有點太誇張，好像把惡神當作**神明**一樣崇拜。

康拉德對沫沫說：「明天萬老師有重要的賓客要來，你負責準備萬老師囑咐的資料和食物，午餐時間放到待客房內。」

康拉德重申一次：「記住，明天千萬不能出錯。」

說着康拉德交給沫沫一張備注，還有購買食物所需的銀幣即匆忙離去。

沫沫打開備注，唸出來：「文魚卵飯糰套餐和松露蘋果汁？」

沫沫有些意外，一向只吃最簡樸的泥魚三明
治的惡神，居然點了最貴的**豪華套餐**。想來這
位賓客一定是他非常重視的魔侍。

第二天，沫沫早起到備課室準備惡神交代的
資料。

「找出《魔侍近一百年懲戒法》，還有另一
本《魔侍元紀年魔法力使用規則》……」沫沫拿
出康拉德交給她的便條**喃喃唸道**。

她沿着放置魔侍使用法規的櫃子區域查找，
很快就找到這兩本書。

沫沫正要取下書籍時，突然眼前一片迷蒙。

「怎麼回事？是有塵埃飛進眼睛嗎？」

沫沫擦了擦眼睛，定睛一看，又恢復正常
了。她趕緊取下厚重的書，抱在胸前走了出去。

此時，櫃子上有隻怪手顯現出身影。怪手匍匐爬行，從櫃子邊縫溜走……

午餐時間，沫沫第一個衝出課室，使用飛行力抵達「魔法味蕾」後，到點餐處選購食物。

「一個文魚卵飯糰套餐，一杯松露蘋果汁。」沫沫默唸着，正要點餐，突然，她眼前又起了一片霧氣。

沫沫晃晃頭，趕緊擦了擦眼睛，道：「奇怪，今天怎麼那麼多灰塵啊？」

沫沫沒有多想，視力恢復後，她向櫃枱內的阿姨指了指要購買的食物，快快付了所需的銀幣，並使用飛行力趕到待客室，將餐點擺好在桌上。

沫沫拍了拍手，呵口氣道：「這樣應該沒問題了。」

沫沫還未走出房間，惡神的聲音就已竄入她耳內：「您遠途來到，先到裏面休息用餐吧！待

會兒再一起商討關於魔侍法規修改的事。」

「魔侍法規修改？惡神的**貴賓**到底是誰？」

正想着，惡神已領着貴賓走了進來，沫沫趕緊對他們行禮，道：「萬老師好！」

一股濃郁髮蠟和稀有香水的氣味沖入沫沫的鼻翼，沫沫**依循禮教**，低着頭站到旁邊。

賓客走過沫沫跟前時，赫然有股不寒而慄的感覺，全身毛孔緊閉着，周遭空氣都快凝結一樣。

沫沫眼角瞄向那名賓客。那是位穿着筆挺的魔子，頭髮梳得非常齊整。

沫沫正要走出去，惡神卻大聲叫住她：「嚴沫沫！」

沫沫顫抖了下，惡神從來沒有這麼憤怒地喊叫她的名字。她回頭看到眼前的景況，嘴巴都合不攏了。

只見桌上居然爬滿了不停扭動的多足蟲，有

些還竄到那賓客身上！

　　「我叫你準備資料，為什麼桌上的盒子裝着多足蟲？」惡神喝道。

　　這時沫沫才發現桌上的書不知何時變成了盒子！

第九章
多足蟲與定身力

沫沫正感到**不知所措**，一隻多足蟲竟爬上賓客的臉龐，沫沫趕緊飛身過去想抓捕蟲子，誰知賓客推開沫沫，急速唸出咒語：「諦拿彌，屍敵芬逆斯，緊箍！」

賓客臉上和身上的多足蟲突然都掉了下來！牠們在地上掙扎了一會兒，就一動不動了。

「這……是緊箍力……」沫沫感到**觸目驚心**，緊箍力是禁止使用的魔法力，並且是一種可以致死的可怕魔法力！

沫沫曾經在濕地家園看過關於魔法力使用與禁忌的書，裏頭正好就有提到這令人畏懼的咒語。

賓客正要對桌上的多足蟲再次施行緊箍力，

突然有把聲音唸道：「斯達地落，定！」

　　這是定身力咒語，沫沫望向施行咒語的魔侍——蕭媛！

　　多足蟲被行使定身力咒語後，全部定在那兒**動彈不得**，蕭媛對沫沫說：「還不快去把蟲子拿掉？」

　　沫沫這時才醒覺過來，趕忙抓掉賓客身上，還有桌上、地上的多足蟲。

蕭媛手腳很俐落，鎮定地將所有蟲子放進一個金屬盒內。

賓客直勾勾盯着蕭媛，問道：「你是誰？」

蕭媛**不慌不忙**地答道：「我叫蕭媛，是火三班的同學，也是學生會的幹部。」

「你是不是覺得我很殘忍？」賓客問。

蕭媛想也不想，說：「不，我知道多足蟲對於環境有害，牠們會吃書籍和木頭，但另一方面，也能啃食塑膠，算是對環境有益同時也有害的兩面蟲，不過我覺得有益多過有害，應該盡量不殺牠們。」

沫沫靜靜地在一旁傾聽，覺得蕭媛真是**人不可貌相**，知曉許多魔侍知識。

惡神見賓客不說話，趕緊說：「她只是個學生，不懂魔侍世界的生存規則，她的話蓋比所長可以不用理會。」

「蓋比所長？不知道他是哪個地方的所長

呢？」沫沫心想。

名喚蓋比所長的魔侍嘴角提了提，道：「我雖然嚴厲，但這位同學說得還算有理。」

惡神趕緊使了個眼色，讓沫沫和蕭媛離開，並馬上說：「蓋比所長，請先用餐吧！」

蓋比所長坐下來，卻馬上拉長了臉，惡神驚覺不對，過去查看後**厲聲喝道**：「嚴沫沫！這是什麼？」

剛要踏出門口的沫沫不禁抖了下，惡神今天已是第二次讓沫沫嚇一跳了。

沫沫走回來，看到文魚卵飯糰不知何時變成了泥魚飯糰！

「我確實買了文魚卵飯糰……」

「做錯事還**狡辯**，是最不可原諒的態度！」

惡神吩咐蕭媛再去「魔法味蕾」買過食物，然後轉頭對沫沫說：「你！罰你去范古實驗室打掃乾淨！」

82

沫沫趕緊回應：「是！」

她快快退出待客室，蕭媛追上來問：「沫沫你今天怎麼了？」

「我也不知道。我確實有做好康拉德吩咐的事。」沫沫覺得很**無辜**，但她馬上想到有塵埃蒙住眼睛的事，說：「或許有魔侍在暗中搞鬼。」

「暗中搞鬼？誰在針對你？」蕭媛問。

沫沫聳聳肩，說：「沒關係，剛才真的謝謝你了，我從來沒遇過這麼狼狽的事，幸好你及時使出定身力。」

「我只是覺得多足蟲不應該這樣被殺死。」

沫沫點點頭，敬佩地說：「你的定身力使用得好神奇，可以同一時間對這麼多隻多足蟲行使成功！」

「也沒什麼，我是松族，松族向來對於這方面的魔法力有**與生俱來**的天賦，我聽過一些松族魔侍使出的定身力可覆蓋整個大區域，我現在

呢，只能夠對小範圍施行定身力而已。」蕭媛謙遜地說。

「已經很了不起了，要不是你，多足蟲就得死去了。」沫沫真心讚賞，她對這位學姐越發有好感。

「你別再讚我了，現在最頭痛的，是去范古實驗室打掃啊！」蕭媛說這話的時候，臉色都皺了起來。

「請問范古實驗室在哪裏？為什麼你那麼害怕？」

「那是尼克斯魔法學校建立前就存在的古舊實驗室……呃，還是不說了，你去到自然會知道。」

「到底是什麼樣的地方？」沫沫**狐疑地**走回課室。

這會兒，躲在牆角的魔侍走了出來。他正是這一切怪事的**始作俑者**——志沁。

　　志沁冷哼一聲，邊抓癢邊說：「嘿嘿，范古實驗室？這回你可沒這麼幸運了，哈哈哈！」

　　說着他又往頸項和後背抓去，顯得非常狼狽。他惱怒地罵道：「癢死我了！都是你這笨手，讓你做點事都做不好！」

　　躲在書包內的怪手似乎很委屈，縮成一團。

　　事情回到昨天，康拉德吩咐沬沬時，躲在角落的志沁聽到了一切。他露出陰險的笑容，似乎想到了**懲治**沬沬的好辦法。

　　「嘿，我就不信這次你能逃得過懲罰……」

　　當晚，志沁帶着怪手，來到修行助使訓練所。

　　他繞去訓練所後方的一座小屋子，那兒亮着**朦朧**的燈光。

「嘿，舅母讓哈里斯太太將訓練失敗的生物放養在這兒，當有魔侍被關進懲戒所，舅母就偷偷利用這些訓練失敗的生物懲罰他們。現在，只要我將這些生物放到惡神那裏……哈哈哈……」

志沁對着盒子説：「去吧！」

怪手爬出盒子，**喀喇喀喇**地衝到小屋子，爬上去扭開門鎖，迅速進到屋裏。

志沁等了好一會兒，在門口問道：「怎麼樣？有沒有舅母説的那些多足怪蟲？」

小屋裏只傳來喀喇喀喇的聲響，怪手並沒有出來回應他。

志沁等不及，他走去打開門，悄悄往裏頭看去，問道：「怎麼樣？找到了嗎？」

怪手正在一個四方玻璃櫃上方用力壓着某個東西，它聽到志沁的聲音，愣了一下，那東西立即**噴射**出一堆綠色粉末，灑得志沁全身都是。

志沁苦着臉揮掉身上沾着的粉末，罵道：

「你怎麼讓這些臭粉噴到我？真是！」

怪手無奈地搖晃手指，顯得很無辜。

「還不快找出多足怪蟲？」

怪手指指下方的玻璃櫃，原來裏頭正是多足怪蟲。

志沁開心極了，馬上取出準備好的塑膠盒子。怪手拉開櫃子上方的小窗，讓多足怪蟲立即爬進塑膠盒內，再迅速關上小窗。

志沁聽着多足怪蟲在盒子內發出的聲響，笑了起來，但他臉色突然一變，全身像有許多蟲子在蠕動！他趕緊將塑膠盒丟進書包，空出雙手來抓癢。

「難道剛才的綠色粉末是防止多足怪蟲逃出去的癢癢粉？」

志沁望向屋內其他生物，發現籠子或盒子的開關上都有安裝一個機關，看來裏頭放的正是那些綠色粉末，也就是所謂的癢癢粉。

這種癢癢粉能讓生物發癢，當生物逃走時碰着這些粉末，便會**全身發癢**，減慢逃竄的速度，到時就能輕易地把牠們抓回來。

「早知道我就不進來，真是沒用的傢伙！唉，癢死我了！」

志沁邊抓癢邊狼狽地逃了出去，怪手也喀喇喀喇趕緊跟上。

第二天，志沁趁沫沫去備課室尋找所需要的資料時，派出怪手灑下舅母送給他的障眼粉末。障眼粉末能讓人們產生幻覺，讓沫沫看不清自己拿錯資料。

接着，在沫沫到「魔法味蕾」購買文魚卵飯糰時，志沁又讓怪手在沫沫身邊灑些障眼粉末，悄悄把文魚卵飯糰換成泥魚飯糰。

　　志沁邊抓癢邊對怪手說：「哼！看在走後門的被處罰打掃范古實驗室的分上，這回就繞了你。下次可別再出錯了！」

　　怪手用手指快速地敲擊盒子底部，似乎在說：「一定！」

　　這時剛好有幾位同學經過，志沁立即蓋好盒子，強忍着癢，**姿態滑稽**地走上樓去。

第十章

范古實驗室的噁心黴菌

米勒、仕哲和子研知道沫沫被惡神懲罰去范古實驗室後，大夥兒都露出**驚愕**的樣子。

「沫沫，我們應該一起行動，讓我們幫你打掃吧！」仕哲說。

「不，惡神只罰我去打掃，你們沒有必要陪我一起受罰。」

「你不知道，范古實驗室是個很可怕的地方。」米勒說。

「可怕？為什麼？」沫沫問。

「那兒由於**年代久遠**，聽說已經被某種可怕的黴菌佔領了。」仕哲說明道。

「你們有去過嗎？」沫沫更好奇了。

「我沒有去過，不過學長學姐提過附近幾公

尺外都聞得到一種噁心的味道。」

「不只是味道噁心，聽說被黴菌纏上的話，還會染上一種奇怪的皮膚病，全身皮膚**潰爛發臭**，誰都不敢靠近呢！哦不，真的太可怕了！」米勒扁扁嘴，一副懼怕的樣子。

子研憤恨地歎口氣，說：「那個魔鬼根本就是要害你得病，是我就肯定不去！」

「這是惡神給我的處罰，就算不想去也必須去，不是嗎？」沫沫無奈地說。

「可是，你會被沾上恐怖的黴菌！」米勒說着，往後退了一步。

仕哲瞟一眼米勒和子研，道：「我們都是『鼴鼠』小組成員，怎麼可以不對遇到困難的伙伴**施予援手**呢？」

「我……」米勒看了看沫沫，雖然害怕，還是果斷地說：「如果沫沫一定要去，我會一起去。」

子研也**不落人後**地說：「為了不讓沫沫被奇怪的黴菌纏上，我當然也會去。」

沫沫看着大家，感到很温暖，羅賓更是感動得眼眶泛紅，道：「沫沫你真是交了一班不錯的朋友呢！」

如此這般，他們一行四位魔侍，到行政大樓查找尼克斯魔法修行學校的平面圖，確定范古實驗室的位置後，就出發去了。

他們使用速度力，經過教師宿舍，橫越**沼澤地**和湖泊，走進一座小樹林。在那兒，他們被樹林中的圈圈迷陣擾亂了，一直重複走同樣的路，差點兒出不去，但幸好有子研的修行助使布吉。在這隻擁有非凡方向感的黃蜂的幫助下，他們才順利走出迷陣樹林。

過了迷陣樹林，就來到傳說中的范古實驗室了。

他們盯着眼前的怪異凸起物，都看傻了眼。

　　雖然聽過學長學姐提及范古實驗室被奇怪的黴菌包圍，但實際看到時還是覺得很**不可置信**。

　　這座實驗室看起來規模不大，整座建築的屋身都被黑褐色的黴菌包裹着，連屋子周圍的草地都被侵略，像是蓋着一頂大大的黑褐色帽子一樣。

　　「我的天！要不是看過實驗室的方位，還有布吉給予的指示，我簡直不相信眼前這東西是一座實驗室！」米勒驚訝地説。

　　子研掩住了鼻子，嫌棄地説：「你們沒有聞到一股異味嗎？沫沫，你確定要進去裏面？」

　　沫沫**面有難色**，這氣味像一種臭臭的塑膠摻雜着腐爛食物的怪味，非常難聞，但她覺得不能輕易退縮，於是説道：「嗯。惡神要我把范古實驗室打掃乾淨，如果我能做好，對尼克斯魔法修行學校説不定是件好事。」

「沫沫説得對，再怎麼樣都不能不履行惡神吩咐的事。走吧！」仕哲説着，帶頭走了過去。

大夥兒**小心翼翼**地踩在黑褐色的黴菌上面，生怕陷進黴菌覆蓋的泥土裏頭。

「我應該帶口罩來，要是這些黴菌從鼻子和嘴巴跑進我們體內就糟了！」米勒一副懊悔的樣子。

「別説了，你不怕被感染，我可怕啊！」子研用袍子遮住嘴巴説着，運用速度力飛快地越過這片土地，直達「黑褐色凸起物」的前方。

「你們肯定這就是范古實驗室？」羅賓從沫沫懷裏**探頭探腦**地檢視眼前的「帽子」，問道：「就算是，根本看不出哪裏是門口啊！」

「先清理掉這些黴菌就知道了。」沫沫拿出從儲藏室取來的工具——小鏟子，開始剷除黴菌。

其他伙伴也趕緊取出工具跟着剷除黴菌。

　　在他們通力合作下，眼前的黑褐色黴菌被鏟出幾大塊，但裏面並不是建築物的材質，而是綠綠軟軟，微微反光的東西。

　　「這是什麼？」米勒好奇問道。

　　沫沫伸手想去觸摸一下，仕哲立即喝止道：「不能碰！」

　　大夥兒看向他，感到很疑惑。

　　「為什麼不能碰？」米勒吶吶地問。

　　「姑丈提過有一種新型苔蘚擁有分解生物的能力。如果這些綠色的東西有分解能力，覆蓋在上面的黑褐色黴菌，説不定是在保護我們。」

　　米勒抓抓頭，更**不明所以**了，説：「黴菌在保護我們？仕哲，你到底在説什麼？」

　　「你的意思是説，」沫沫摸了摸下巴，道：「黑褐色黴菌包裹着這些綠色東西，是為了把它隔絕開來，不讓它傷害到我們？」

　　「噢，也就是説，裏面這些綠色的東西對我

們有害？」子研推敲着説。

「我也不確定是不是有害，不過，萬一它能分解生物，也許就如學長學姐們所説，是讓皮膚潰爛的**罪魁禍首**。」

米勒恍然大悟，道：「哦，我明白了，讓大家染上皮膚病的，是裏面這些綠色物體，而不是黴菌！」

子研瞟了米勒一眼，道：「你現在才明白啊？」

沫沫趕緊翻閱魔侍手冊，看到顯現出一行資料，趕緊唸出來：「滑葉青苔，可以分解生物，有重生能力。」

「原來這些綠色的東西是滑葉青苔。」米勒睜大了眼，狐疑地説：「滑葉青苔怎麼會霸佔了整個實驗室？」

「現在最重要的，是怎麼清理掉它們。我們必須非常小心，萬一沾到身上，皮膚會被腐蝕，

非常危險……」

　　沫沫思索着清理這些危險的青苔，又不會傷到他們自身的辦法。

　　這時仕哲似乎想到了辦法，說道：「對了，被惡神懲罰鋤地的學生使用了拔除力拔出植物。我們可以使用拔除力，不用觸碰植物也可以把它們拔出來！」

　　「那還等什麼？」子研說。

　　「可是，我不太記得拔除力咒語是什麼。我想想……」

　　「美達基泥息，拔除！」

　　仕哲對着除去黴菌後裸露出來的滑葉青苔唸出咒語，但青苔一點兒反應都沒有。

　　「梅達及泥息，拔除！」

　　「沒打急泥息，拔除！」

　　仕哲沒有放棄，繼續嘗試了好幾次拔除力，但咒語好像都不對，滑葉青苔平穩地躺在地上，

完全不受影響。

沫沫看着仕哲，突然想到什麼，叫了出來：「你們是不是忘了咕嚕咚老師教我們什麼了？」

「咕嚕咚？」

大夥兒迷惑地看着沫沫。

沫沫眉開眼笑，說道：「這些滑葉青苔應該屬於綠色植物！」

「綠葉掃把力！」米勒驚喜地說。

「對啊！只要把滑葉青苔都變成掃把，那就解決了它們附在實驗室的問題啦！」子研興奮地跳了起來，但隨即又懊惱地說：「可是，綠葉掃把力有時限，過不了多久它們會變回原來的樣子，那不是白費心機嗎？」

「不，我可以用搬運緞帶把它們一塊兒搬走。」沫沫說。

「沫沫你要把它們搬去哪裏？」羅賓好奇問道。

　　沫沫挑了挑眉，道：「搬去需要化解生物分子的地方。」

　　「化解生物分子的地方？」米勒感到**一頭霧水**。

　　「別耽擱了，我們現在必須專注心力，將所有的滑葉青苔變成掃把！」沫沫說。

　　於是，他們一夥四個魔侍，對着裸露出地面的滑葉青苔唸出咒語：「掃古巴扒拉葉子廢羅，掃把！」

　　由於滑葉青苔黏連在一起，沫沫他們合力變出的掃把特別大、特別濃厚，很快就堆成一座小山。

　　這時，他們才看到范古實驗室的「本體」。

　　在尼克斯魔法修行學校建成之前，范古實驗室就已經存在。它位於叢林深處，是人類生物學家的研究據點，設計很簡陋，就是個**四四方方**，實驗設備也非常有限的屋子。在建造學校

時，科靜校長覺得實驗室還能使用，於是就保留下來了。

「原來范古實驗室只是這麼小的一棟普通房子啊⋯⋯」米勒不禁覺得之前那麼害怕的自己很**無稽**。

「得快點搬走這些掃把，必須把握時間！」

說着沬沬取出搬運緞帶，往上拋出，「嘭」的一響，堆成山一樣的掃把消失了！

眨眼間，他們已來到某個地方，米勒看看四周，驚呼：「怎麼這麼多垃圾啊？」

「這裏是人類隨意堆放**廢棄物**的地方。當掃把變回滑葉青苔，可有大把垃圾等着它們分解呢！」沬沬說着，「走吧！我們還得回去打掃實驗室！」

沬沬又使用了另一條搬運緞帶，將大夥兒搬運回到范古實驗室前方。

沬沬和伙伴們對看一眼，一塊兒推開范古實

驗室的門，開始進行大掃除！

　　由於范古實驗室面積不大，沫沫和伙伴們花了大約一個小時已差不多打掃乾淨。

　　就在大家準備收拾回去時，沫沫在書櫃上發現了幾本實驗筆記。

　　「是人類的實驗筆記本嗎？」

　　沫沫好奇地取下筆記本查看時，在書櫃角落發現了一個小玩意。

　　那是她七歲時母親帶她去魔法用品商店選的物品——魔法文具盒。這魔法文具盒獨特的地方，在於盒子內的多層空間容量會隨着文具多少而變大或縮小。

　　「難道這些筆記本是母親的？」

　　沫沫一下愣住了，下一秒，她急忙將書櫃上的筆記本裝進背包內。

這晚，沫沫難得提早從科校長的煉藥房離開。

舍監好夫人看到每天總是最後一個趕回宿舍的沫沫時，似乎相當驚訝。

沫沫回到房間，立即取出筆記本翻閱，她發現裏頭有一本**實驗日誌**。

沫沫唸出內容：「邪惡菌絲雖然對生物有攻擊作用，能附在生物的器官上，導致其死亡，但也有意想不到的作用，比如它能促進祭蟲卵的孵化。祭蟲是一種益蟲，飛翔時能釋放淨化空氣的分子，對於淨化地球的空氣有着極大的幫助，但很難孵化。」

沫沫讀出另一段記錄：「凱銀絲黴菌是當今世上稀有的黴菌，能有效防止傷口惡化。」

沫沫讀着讀着，感到**嘖嘖稱奇**，原來菌類有這麼多種功能。這些實驗記錄和研究，對魔侍和人類世界都是不可或缺的重要文獻呢！

「能夠對世界有所貢獻，真棒！」沫沫臉上充滿敬佩與喜悅的神情。

　　她翻到最後一頁，那兒夾着一張紙條，沫沫打開來，上面寫着：「亞歷山德二世實驗所錄取通知書：魔女竹君獲錄取成為某項目的研究員，由於事態緊急，請即刻出發到實驗所報到。」

　　「原來這真的是沫沫你母親的筆記本呢！」

羅賓激動地說。

「嗯！」沫沫欣喜地點頭。

沫沫看着紙條，沉吟道：「亞歷山德二世？這名字好像在哪裏見過……」

她仔細想了想，赫然叫道：「是盤天工場的創辦者！」

沫沫在查閱關於盤天工場的**創始資料**時，看過這位魔侍的生平介紹。

他是位充滿魄力和執行力的夢想家，曾經成功研發並繁殖的食物包括雲朵菇、海底菌絲、圓葉果膠等等。

「我記得《魔侍食品工場的由來及演變》這本書裏頭，有提到亞歷山德二世的研究室就在2號盤天工場附近！羅賓！這回我一定可以找到母親！呵呵！」

沫沫興奮得**手舞足蹈**。羅賓還是第一次看到沫沫這麼開心呢！

　　牠歎口氣，心想：「雖然沫沫平時從來不說自己**想念**母親，但她心裏其實很想多了解母親，跟她親近些吧？可憐的孩子。」

　　羅賓眼眶不禁紅了起來，牠暗自決定，就算違規，也要幫助沫沫找到母親。

第十一章
進入盤天工場！

沫沫這晚睡得很香，隔天醒來覺得全身充滿了力量。

「放學後到煉藥房提煉一些搬運緞帶和移行緞帶。2號盤天工場那裏有一個通道可以連去亞歷山德二世實驗所，我只需要找到那個通道就可以看到母親。」

沫沫計劃着怎麼秘密尋母，這天的課一眨眼就過去了。

傍晚時分，沫沫提煉好魔法緞帶，**行色匆匆**地趕回宿舍。

舍監好夫人看到沫沫又提早回來，似乎有點不高興的樣子。

沫沫沒有在意，她現在全副心思都擺在秘密

尋母的事上。

「沫沫啊！這次你單獨行動，沒有伙伴跟你一塊兒，真的要非常小心。」羅賓**語重心長**地對沫沫說。

「放心，在來尼克斯魔法修行學校之前，我都是單獨一個行動，你忘了嗎？而且，有你陪着我啊，不算單獨行動。」

「不過你這次秘密尋親，既不可以讓其他魔侍發現，也不能讓你母親看到，你真的要加倍小心……」

「羅賓，你再這麼長氣，我就不讓你跟我一起去了！」

羅賓趕緊噤聲，快快鑽進沫沫懷裏。

沫沫默想着那天到2號盤天工場視察的景像，毫不猶豫地拋出移行緻帶，「嘭」的一響，沫沫和羅賓瞬間**無影無蹤**！

下一秒，沫沫和羅賓已成功移行到魔法藤蔓

圍籬裏面的廢墟。沫沫使出飛行力及隱身力往上一躍，飄浮於半空眺望遠方。

廣闊廢墟後方，有一些朦朦朧朧、細小如玩具似的四方塊。

「那裏應該就是2號盤天工場。」

沫沫說着，「嗖」的一響，往遙遠的工場前進。飛了大約一公里，一撮一撮白色的東西突然阻擋在沫沫眼前。

沫沫趕緊剎車，懸在空中。

「這些是……」

只見這些白色的東西**輕如煙霧**，不斷地變化形狀。

這時有隻小飛蟲掠過，碰着了白色的煙霧，立即發出「嘶」的一響，小飛蟲變成硬邦邦的物體掉了下去。

「想不到這些像雲一樣的煙霧這麼可怕！」羅賓在沫沫懷裏顫抖着說。

　　沫沫翻閱魔侍手冊，裏頭寫着：「迷走雲霧，能擾亂入侵者的視線，並且能讓碰着它的生物**全身僵硬**。」

　　「全身僵硬？真是屬害的屏障。」沫沫深吸口氣，説：「不過我也有辦法。」

　　只見沫沫唸出：「阿飛雷息讓克魔爾，開路！」

　　迷走雲霧頓時通通散去兩旁，乖乖地讓出一條空隙讓沫沫通過。

　　「哇，沫沫你什麼時候學會了屏障去除力？我記得你們之前去人類世界視察時，高八度音使用過這種魔法力。」

　　沫沫沒説什麼，繼續往前飛去。

　　飛了不久，沫沫終於看到了2號盤天工場。從近處看，才驚覺那一堆玩具似的四方塊，竟是如此宏偉的建築物！

　　沫沫發現那像城堡一樣巨大的建築，四周有

着許多通道連接不同的小建築物。

「哪一個才是亞歷山德二世實驗所呢？」沫沫凝視這些建築思索着。

這時，周圍傳來一些細微的聲響，緊接着，一大羣鳥兒快速衝來！

「這是什麼？」羅賓不禁驚呼。

說時遲那時快，沫沫趕緊抽出變形緞帶，變成了迷走雲霧，**雲時間**，鳥兒們迅速繞開去，很快地不見了蹤影。

沫沫等了好一會兒，待變回原形後，趕緊翻閱魔侍手冊。

「原來這些是偵測雀，專門偵察是否有外人入侵，會定時在盤天工場上方巡邏。」

羅賓感到很**擔憂**，說：「沫沫你這樣使用魔法變形緞帶，很快就沒有緞帶可用了啊！你帶了多少魔法緞帶來呢？」

沫沫沒有回答羅賓的話，繼續往城堡飛去。

　　沫沫悄悄降落在城堡側邊，拿出兩條變形緞帶，將羅賓和她自己變成小甲蟲，輕易地進到建築物裏頭。

　　由於這些變形緞帶都是在短時間內提煉好，因此時效非常短，幾分鐘就打回原形。不過沫沫覺得這樣也不錯，伸縮性比較強，每次都能因應不同場合變化各種形態。

　　甲蟲沫沫和甲蟲羅賓飛過一道玄關，兩側是開闊的走道，他們沿着其中一條走道來到一個大空間。那兒是食品分類儲藏室，沫沫看到各種各樣新開發出來的微生物和菌類食品，感到非常新奇。接着，沫沫走入一個偌大的微生物實驗室。

　　一羣魔子魔女正**聚精會神**地在各自的隔間內做實驗，甲蟲沫沫沿着天花板飛行，生怕驚動了認真工作的他們。

　　沫沫他們終於安全飛過微生物實驗室，沫沫看到許多從未見過的新穎實驗設備和新食品。雖

然很想了解一下，但她現在可不是來參觀的啊，只能希望以後有機會來正式拜訪。

甲蟲沫沫知道快要變回原形，趕緊尋找可以隱藏的角落。

她發現走道旁有道門沒關好，趕緊「溜」進裏頭。

裏面是個小小的實驗儲藏室，甲蟲沫沫正想着可以鬆一口氣，安心在這兒變回原形時，眼前突然顯現一個巨大的身影！

沫沫來不及閃避，下一秒，她已變回原來的樣子！

第十二章
意想不到的同伴

沫沫嚇得倒抽口氣，差點兒驚叫出來，但萬萬想不到的是，眼前的魔侍居然是沫沫熟識的麒麟閣士——南德！

「你——」南德說了一個字，趕緊**壓低聲量**，問道：「沫沫，你怎麼會來這兒？」

「我還想問你啊，南德先生，你怎麼會在這兒？」沫沫也小聲問道。

南德這時耳朵動了動，趕緊讓沫沫別出聲，悄悄走到門邊傾聽外面的動靜。

不一會兒，幾個腳步聲從外面走道經過，南德似乎很緊張，汗水都從額頭滴下來。

等到腳步聲走遠，南德才**放下心頭大石**。

沫沫問：「難道你在進行跟蹤？」

南德點點頭，道：「是啊！」

「我記得你負責跟蹤懲戒所的魔侍。可是，科校長不是說暫時不用追蹤可疑魔侍嗎？」

「沒錯，但我昨天看到一則人類的新聞，報道寫了C市有**吸血鬼**出沒。我猜測一直等待機會抓捕違規魔侍的坎特貝拉會有所行動，於是今天我就帶了你給我的變形緞帶跟蹤她。果然，坎特貝拉對她的上司關姐說，C市的吸血鬼肯定就是違規到人類世界的魔侍，所以我就跟蹤她們來到這兒。」

「你知道這裏是哪裏嗎？」

「當然知道，這裏是2號盤天工場，關姐和坎特貝拉來這裏找前任懲戒所所長，跟他一起商討如何抓捕最近頻頻違規的魔侍。」

沫沫皺着眉頭**思索**，她前天為了打探盤天工場的事曾經去過C市……難道她正是他們要抓捕的魔侍？

不過，沫沫怎麼也想不透她跟吸血鬼有什麼共同之處。

　　沫沫沒有對南德說自己來盤天工場的目的，畢竟她答應過科校長絕對不能向任何人透露母親是竹君的事，於是她說：「我也是因為C市的吸血鬼傳聞，所以來到這裏。」

　　「你也是？」南德一時想不通，他抓抓頭想了想，說：「難道你是因為跟蹤那位前懲戒所所長而來到這裏？」

　　「前懲戒所所長……你是說蓋比所長？」沫沫赫然記起前天才見過這位蓋比所長。

　　「是啊！原來你真的是為了跟蹤蓋比所長來到這裏啊！」南德自顧自地幫沫沫說了藉口。

　　沫沫忐忑地說：「你——知道他們會怎麼懲戒違規的魔侍嗎？」

　　「就是不知道才跟來啊！啊，對了，我正愁魔法緞帶不夠用呢，沫沫，你身上有多帶一些變

118

形緞帶嗎？」

「有是有——」

「太好了！快拿出一條給我吧！我們必須趕緊跟去看看他們在商討什麼。」南德突然**神色凝重**地說：「我懷疑這位前懲戒所所長說不定才是幕後主使者。」

沫沫臉色一變，說：「你是說，他指使其他魔侍放出古生物？」

南德點點頭。

沫沫突然覺得一切似乎說得通，惡神與坎特貝拉也許都聽命於蓋比所長，她想起在學生會待客室蓋比使出緊箍力時的狠毒模樣，覺得南德的猜測說不定是對的。

這時羅賓擔憂地叮囑：「如果他是**大魔王**，那沫沫你可就更加危險了！不如我們現在就回去，沫沫你不是還有移行緞帶嗎？」

「羅賓，我不能走。」沫沫還想着秘密尋

119

母，怎麼能現在就走？

羅賓心裏乾着急，說道：「不怕一萬，只怕萬一──」

「別說了，南德先生，這個給你。」沫沫取出一條變形緞帶給南德，接着，他們一塊兒將變形緞帶往上一拋，同時變成了蚊子。

蚊子沫沫提醒蚊子南德：「這緞帶時效只有十分鐘，記得待會兒要找個地方藏──」

蚊子南德沒聽完就魯莽地往前衝去，蚊子羅賓悄悄說道：「沫沫你跟去追查蓋比，那不用尋親了，對嗎？」

「當然要。別說了，快跟上！」

他們無聲地快速**搧動**翅膀，追向南德。

憑着南德靈敏的聽力，他們飛過幾道長長的通道，追到了一間實驗室前方。

蚊子南德說：「他們應該就在裏面。」

蚊子沫沫看了眼上面的牌子，大吃一驚！

因為那兒寫着：「亞歷山德二世實驗所」。

「真是得來全不費工夫，或者説冥冥中自有安排，上天應該是同情我們沫沫，想讓她看一看母親吧！」蚊子羅賓內心不禁感歎。

「想不到蓋比所長居然也在亞歷山德二世實驗所**任職**。那母親應該是他的下屬？噢，如果蓋比所長是幕後主使，母親會不會有危險？」沫沫暗自擔心，但現在並沒有時間讓她細想，蚊子南德已率先從門下鑽進去了，蚊子沫沫也趕緊鑽進裏頭。

他們飛到裏面時感到一陣晃眼，原來亞歷山德二世實驗所是個**開放式空間**。

除了有一大片土地培養着各種不同的菌種外（土地上有插着名牌寫明各菌種的名字），還有幾個培植特殊生物的密閉空間。蚊子沫沫飛過時看了看裏頭，每個密閉空間的景觀都大不相同，有的是一撮撮火紅的生物，有的擠在一塊兒攢動

不停，有些張開了嘴在拼命吃着東西。

「這些到底是什麼菌啊？它們看起來有點駭人。」蚊子羅賓暗想，卻不敢向沫沫提問。

「蓋比所長，聽說這次培養的腐蝕菌相當成功。」關姐說。

蓋比所長晃了晃頭，道：「距離我的目標還差得遠。上回我們研發的滑葉青苔就是個**活生生**的教訓，只曉得重生和腐蝕，沒有其他生物能抗衡。要知道，無論是研究出什麼腐蝕菌類，都必須有另一種天敵菌類能有效消滅它，才稱得上是成功的研究，也才能公布我們的研究成果。」

「原來覆蓋着范古實驗室的滑葉青苔，就是從這裏研發出來的！」沫沫感到**暗自驚心**，看來研究工作並不是她所想的那麼單純，分分鐘都有可能研究出毀滅其他生物的可怕菌類呢！

「當時，要不是我們優秀的研究員想到用另一種硬殼黑黴菌覆蓋它們，後果一定不堪設

想。」蓋比**輕描淡寫**地說。

「那個優秀的研究員難道是母親？」沫沫心想。

「那這回的天敵已經成功研發了嗎？」關姐問道。

「還在研發中，這屬於高度機密，千萬不能洩露出去。」蓋比所長嚴肅地說。

接下來，他們走進蓋比所長的辦公室，看來是準備討論怎麼抓捕違規魔侍的事。

蚊子南德快快飛了進去，沫沫來不及叫住他，因為再過不久他們就會變回原形！

「怎麼辦？沫沫，要是南德在裏頭變回原形可就糟了啊！」蚊子羅賓焦急地說。

蚊子沫沫實在**無計可施**，眼看變形緞帶就要失效了……

她從門縫竄了進去，蚊子羅賓在後方要阻止已經來不及！

「哎呀！這沫沫，現在不單南德會被發現，還暴露了你自己！」

蚊子羅賓在外頭着急得直轉圈圈。

辦公室內，蚊子沫沫追着蚊子南德，嗡嗡嗡地飛過坎特貝拉眼前，坎特貝拉**兩眼一瞪**，立即伸出手拍打！

坎特貝拉慢慢打開手掌，發現裏面什麼也沒有，嘁嘁嘴道：「想不到實驗所內也會有蚊子。」

蓋比皺了皺眉：「這兒是廢墟改造而成，偶爾會有一些漏網之蚊，沒什麼稀奇。」

蓋比打開電腦，說：「來看看最近人類世界的報道。除了前天吸血鬼這一則之外，還有這個，飛行物掠過空中被拍攝到。」

「哦，有人説是外星飛碟⋯⋯」

蓋比與兩位懲戒所的魔女繼續討論着，這會兒的沫沫和南德，正躲在辦公室旁邊的狹長資料庫內。

剛才**千鈞一髮**之際，蚊子沫沫和南德拚盡全力逃出大掌，沫沫見前方有個狹窄的空間，想也不想就衝了進去。

他們衝進去後馬上現出原形！

沫沫**驚魂未定**，呵口氣道：「你不知道會變回來嗎？」

「當然不知道！一般不是可以維持四、五個小時嗎？」南德緊張得嚥了下口水。

「不，得看提煉的成分，時間有長有短，不過現在最重要是怎麼出去。我只剩下一條變形緞帶——」沫沫還未説完，突然發現他們的一舉一動都被某個魔女看在眼裏！

他們這回可真的想不到任何辦法掩飾了啊！

出乎意外，這位魔女對他們招招手，讓他們過去。

南德和沫沫躡手躡腳，硬着頭皮走過去，魔女說：「別擔心，我會護送你們出去。」

沫沫感到很困惑。這魔女到底是誰？為何要幫他們？

「請問你是——」沫沫看着她，她有着一頭金黃色的扁平短髮，臉有點長，五官很立體，是張看起來很純真的面孔。

「我是竹君的後輩——娜塔莎。」娜塔莎看進沫沫眼底，若有所思地說。

「娜塔莎知道竹君跟我的關係？」沫沫聽出娜塔莎話中的意思。

南德有些不放心地問道：「你為何要包庇我們？」

「不是說了嗎？我是竹君的同事，不過竹君今天並不在實驗所。」

沫沫知道娜塔莎這句話也是對她說的。

「竹君？」南德撓撓**後腦勺**思索，「竹君跟我們這次行動有關係嗎？」

娜塔莎沒有回答南德，說：「你們現在必須隱形，我會安全地帶你們出去。」

「你要怎麼帶我們出去？他們可都是金睛火眼的懲戒所魔侍。」南德似乎覺得不太可能從蓋比和懲戒所魔女的眼皮底下溜出去。

娜塔莎抿抿嘴，道：「我自有辦法。」

說着，娜塔莎取出某個看起來像是遙控儀的東西，在上面按了幾下，緊接着，實驗所驟然發出警報聲！

娜塔莎慌忙說：「快隱身！」

沫沫和南德一愣，立即施行隱身力隱去身影。

說時遲那時快，蓋比已衝進來資料庫，喊道：「竹君！快去搞定迷因菌！」

蓋比沒看到竹君，對娜塔莎出現在這兒似乎有些意外，但他馬上說：「你有辦法鎮定那些迷因菌嗎？」

　　「沒問題，我看過前輩如何處理。」

　　娜塔莎說完立即衝出門外，蓋比、關姐和坎特貝拉也跟過去後，一直躲在天花板角落的羅賓飛了進來，喊道：「沫沫，你在哪裏？」

　　沫沫趕緊現身，說：「羅賓，這兒還有一條變形緞帶，你用吧！」

　　羅賓不會使用魔法力，牠可不想**拖累**沫沫，因此牠趕緊接過魔法緞帶，拋向空中，變成一隻小臭蟲。

　　「我們直接移行回去尼克斯魔法修行學校吧！」南德也**顯影**說道。

　　沫沫沒有對南德說移行緞帶只剩一條，她將僅餘的緞帶交給南德。

　　南德拋出緞帶，瞬間**無影無蹤**！

　臭蟲羅賓說：「沫沫，我們趕緊回去吧！」

　「呼！想不到這次來到實驗室竟然沒見到母親……」沫沫無法掩飾自己的失落。

　「唉，變形緞帶用完了，我們改次還可以再來——」

　沫沫突然感應到什麼，立即隱去身影，臭蟲羅賓也醒目地竄去桌子後方。下一秒，坎特貝拉出現在辦公室門口！

第十三章
遠在天邊　近在眼前

坎特貝拉靈活的眼珠上下左右轉，把辦公室的每個角落仔細瞧了一遍。

她嘴角抖了抖，慢慢說道：「我知道你一定在這裏，對不對？」

沫沫驚得屏住呼吸，**不敢動彈**。

坎特貝拉一步步地走了進來，腳步聲重得像鐵錘，發出砰砰的聲響。她走向沫沫時，沫沫懼怕得閉起了雙眼。

空氣似乎凝住了，沫沫已做好隨時被坎特貝拉抓住的打算。

時間一分一秒過去，坎特貝拉好像並沒有發現沫沫，但她突然又轉回頭，盯着沫沫所在的位置⋯⋯

　　臭蟲羅賓**蓄勢待發**，牠決定要是沫沫真的被發現，就使用火箭沖護送她回去宿舍！身為沫沫的修行助使，牠必須確保沫沫不受任何傷害！

　　就在羅賓準備衝過去時，坎特貝拉突然蹲下來，撿起地上的一枚小珠子。原來她只是回來尋找從衣服上脫落的小釘珠！

　　坎特貝拉出去後，沫沫現出原形，大大地呵了口氣。

　　「沫沫，我剛才差點兒用火箭沖呢！」

　　「幸好你沒有使用，要不然可真的是**自暴行蹤**了！」

　　「那我們趕緊想辦法回去吧！」

　　「嗯。」

　　沫沫正要使出隱身力，門外又有腳步聲傳來，她來不及唸出咒語，那魔侍已閃了進來。

　　「沫沫你沒事吧？」那魔侍關心地說。

　　沫沫一看，原來是娜塔莎。

「為了避免撞見蓋比他們，我帶你從另一個通道出去，你跟我來。」

娜塔莎帶着沫沫走向實驗所的另一個門口。

她們走在一個狹窄的通道，娜塔莎說：「這裏是輸送培養好的菌類的淨化通道，平常很少魔侍會進來。」

沫沫**亦步亦趨**地跟在娜塔莎身後，看着她的背影，突然覺得很安心。

她們走出淨化通道後，再通過幾個實驗成品展示房和儲藏室，來到一道門前。

「這是盤天工場的側門，你從這裏出去吧！哦，還有——」娜塔莎從口袋拿出一張小卡給沫沫，道：「這是通行證，你拿着這個，偵測雀和迷走雲霧會閃開，藤蔓圍籬也會讓你出去。」

沫沫拿着通行證，抿抿嘴說：「謝謝你，娜塔莎阿姨。」

「不用謝，**舉手之勞**。」

134

　　沫沫欲言又止，娜塔莎似乎看透沫沫心思，說道：「你想問關於竹君的事？」

　　沫沫吸口氣，問道：「我想知道，范古實驗室的滑葉青苔，是不是竹君解決的？」

　　娜塔莎頷首，說：「這件事我一來到實驗所就聽過。竹君獲錄取時剛好遇到滑葉青苔的危機。滑葉青苔會對周遭生物產生腐蝕作用，是一種非常危險的菌類。竹君帶着所有的滑葉青苔到范古實驗室進行研究，並研發出硬殼黑黴菌，將滑葉青苔包覆起來，阻止它們腐蝕其他生物。」

　　「原來硬殼黑黴菌是竹君培養出來的！」沫沫不禁對母親充滿了**敬意**。

　　娜塔莎好奇問道：「你怎麼會知道范古實驗室？」

　　「我剛好被叫去打掃范古實驗室。」

　　娜塔莎驚訝地說：「你進得去實驗室？怎麼進去？」

「我用綠葉掃把力將滑葉青苔變成掃把後，再搬運到人類世界的廢棄垃圾場。」

娜塔莎露出欣賞的眼神，心想：「想不到竹君鎮住滑葉青苔，沫沫你卻讓滑葉青苔發揮它們的作用。」

沫沫又問：「你跟竹君很熟嗎？她——在這裏過得好嗎？」

「當然，我們每天都在一起做研究。」娜塔莎說着，拍拍沫沫的肩膀道：「你不用擔心，她在這裏很好，倒是你，以後不要私自行動，要顧及自己的安全。」

沫沫感受到娜塔莎對她的關愛，內心暖暖的，回道：「嗯，我會注意安全。」

臨走前，沫沫突然想到什麼，她拿出口袋內的葵花種子，唸道：「阿殼麻鑽，開花！」

葵花種子瞬間發芽，拉長枝幹，長成一朵漂亮的太陽花！

「送給你。」沫沫遞上花兒。

娜塔莎似乎很驚喜，她接過花兒，聞了聞，臉上幸福洋溢。

沫沫匆忙**告辭**，使出隱身力及飛行力，往天空飛去。

沫沫走後，娜塔莎欣慰地笑了笑，說：「想不到沫沫這麼大了，媽媽很喜歡你送我的花。」

娜塔莎取出變形緞帶，**瞬間娜塔莎竟變成竹君的模樣！**

原來竹君在資料庫看到沫沫和南德現形的那刻，就立即使用變形緞帶變成後輩娜塔莎來幫助他們。

「對不起啊，沫沫。現在還不是時候和你見面……」竹君抿抿嘴，歡欣地抱着太陽花走回盤天工場。

　　沫沫這回雖然沒有見到母親，但看到母親工作的地方，知道母親在做着幫助魔侍和人類的研究，還從娜塔莎那裏探聽到母親過得很好，她覺得已經不枉費冒險來這兒一趟了！

　　沫沫穿越藤蔓圍籬時，回過頭看一眼2號盤天工場，對她的修行助使說：「羅賓，我長大後也像母親一樣，當個研究員怎麼樣？」

　　羅賓挑了挑眉，說：「無論做什麼，我相信沫沫你一定是個出色的魔侍！」

　　沫沫微笑着，用力往上一躍，朝尼克斯魔法修行學校前進！

第十四章

美味餐點

沫沫從宿舍房間的通道走出來，累得趕緊爬上牀去，羅賓立刻阻止道：「沫沫，你還沒吃晚飯啊！去販賣機買個麵包也好。」

沫沫擺擺手，讓羅賓別吵她。這時，門外卻響起了腳步聲，並用力敲了敲門。

羅賓感到很困惑，這麼晚會是誰來找沫沫？

沫沫**睡意全消**，過去打開房門。門外站着的，居然是好夫人！

她拉長着面孔，瞅着沫沫說：「還不快去地下室？」

「地下室？」羅賓記得好夫人和她的修行助使樹蛙在地下室做着不可告人的事，還弄得滿身鮮血，緊張地說：「別傷害沫沫！」

140

好夫人叉起腰，喝道：「誰敢傷害沫沫？快去！」

說完她擦擦汗，走進自己的房去了。

沫沫和羅賓雖然不明所以，但這可是揭開地下室謎底的**大好機會**。於是，他們匆匆趕去地下室。

沫沫打開地下室的門，發現那兒竟然擺了幾碟熱乎乎的飯菜。

「這是——」

樹蛙阿准放下手中的餐盤，俐落地將某個紅色醬汁塗抹在麵包上，遞給沫沫，用牠那扁平的聲音說：「好夫人好不容易才成功**萃取**出紅栗子的精華，做出紅栗子醬，營養價值比普通栗子高出幾倍呢！沫沫你快點吃吧！」

沫沫和羅賓這會兒終於弄明白了。

原來好夫人和她的修行助使阿准每晚忙忙碌碌，就是在這兒製作紅栗子醬啊！

「聽說紅栗子是跟番薯一樣有營養的食物，饑荒時曾救了好多魔侍呢！」羅賓點點頭，**忙不迭地說**。

「為什麼好夫人要給我做這些？」沫沫望着阿准。

「當然是因為你每天不好好吃飯啊！好夫人最看不得學生營養不均，不準時吃飯了！準時是最重要的，所以啊，我叫阿准……」阿准唸叨着準時的重要，繼續收拾**殘局**。

「原來我之前都誤會了好夫人，還特意變成蟑螂追蹤她……」羅賓覺得自己太糊塗了，好壞魔侍都分不清。

沫沫看着眼前的美食，開心地坐下來，美味地享用好夫人給她準備的**豐富餐點**。她可不能辜負好夫人的一番美意呢！

下期預告

　　為了參加魔物師競賽，米勒請沫沫特別指導他學習魔法力。一天，某外來生物伶鼬捕獵了沫沫的修行助使羅賓，米勒卻無法及時施行魔法力從伶鼬口中救出羅賓，差點讓羅賓喪命！他因此對自己失卻信心，決定不參與比賽⋯⋯

　　沫沫的養父嚴農寄來魔法搬運緞帶，催促沫沫回濕地家園，子妍知道後央求沫沫帶他們一塊兒回去。沫沫與夥伴們一行四人回到濕地家園，在那兒他們遇到誤闖入濕地家園的人類野營者。他們成功逼退人類，卻被某個巨大生物擒住，他們有辦法逃出生天嗎？

**　　想與沫沫一起探索魔法世界？
請看《魔女沫沫的另類修行7》！**

魔女沫沫的另類修行 6
秘密尋親

作　　者：蘇飛

繪　　圖：Tamaki

責任編輯：黃稔茵

美術設計：李成宇

出　　版：新雅文化事業有限公司

　　　　　香港英皇道499號北角工業大廈18樓

　　　　　電話：(852) 2138 7998

　　　　　傳真：(852) 2597 4003

　　　　　網址：http://www.sunya.com.hk

　　　　　電郵：marketing@sunya.com.hk

發　　行：香港聯合書刊物流有限公司

　　　　　香港荃灣德士古道220-248號荃灣工業中心16樓

　　　　　電話：(852) 2150 2100

　　　　　傳真：(852) 2407 3062

　　　　　電郵：info@suplogistics.com.hk

印　　刷：中華商務彩色印刷有限公司

　　　　　香港新界大埔汀麗路36號

版　　次：二〇二三年一月初版

ISBN: 978-962-08-8137-4